En panne dans la tempête

Du même auteur

Musique dans le sang, Boréal

Pour les jeunes

La Douce Revanche de Madame Thibodeau, Gallimard

La Nuit de l'Halloween, Boréal

Les Éditions du Boréal sont inscrites au Programme de subvention globale du Conseil des Arts du Canada.

Maquette de la couverture: Rémy Simard
Illustrations: Dominique Jolin

Dépôt légal: 4e trimestre 1993
Bibliothèque nationale du Québec

Diffusion au Canada: Dimedia
Distribution en Europe: Les Éditions du Seuil

onnées de catalogage avant publication (Canada)
remblay, Carole, 1959-
En panne dans la tempête: roman
(Boréal junior; 28)
SBN 2-89052-566-X
Jolin, Dominique, 1964- . II. Titre. III. Collection.
9.R39428E56 1993 jC843'.54 C93-097181-7
9.R39428E56 1993
73 En 1993

Carole Tremblay

En panne dans la tempête

roman

Boréal

PS85
PS95
PZ23.

Les flocons de neige venaient s'écraser sur la vitre de l'autobus à toute vitesse. On aurait dit qu'ils étaient propulsés par un ventilateur géant. Il y en avait une telle quantité, c'était presque incroyable. Mimi pensa que si un jour elle devenait institutrice, elle donnerait comme punition aux élèves turbulents de compter le nombre de flocons qui tombent pendant une tempête. La prochaine fois, ils y penseraient sûrement avant de faire des bêtises.

Mimi collait son nez contre la

vitre froide de l'autobus pour mieux voir la neige tomber. Son nez était tout aplati comme celui d'un petit cochon. Ce n'était pas très élégant mais ça ne la dérangeait pas. Il n'y avait personne dehors qui la regardait et Mathieu, le seul garçon de la classe qui l'intéressait, n'avait pas pu venir en expédition avec eux. Il avait une grosse grippe et sa mère n'avait pas voulu le laisser partir. Il n'y avait là rien d'étonnant puisqu'elle le gardait à la maison aussitôt qu'il éternuait plus de deux fois dans la même journée.

D'habitude, Mimi le trouvait bien chanceux d'avoir une mère si compatissante, mais cette fois-ci elle ne l'enviait pas du tout. Toute la classe de cinquième année s'en allait au Lac-Saint-Jean à bord d'un gros autobus jaune et lui, il était tout seul dans sa chambre à se moucher et à tousser. Il n'avait vraiment pas de chance. «Pauvre Mathieu», pensa

Mimi en aplatissant de plus belle son nez contre la vitre.

—Tu devrais essayer de faire semblant d'être en santé, lui avait-elle conseillé avant de partir. Moi, une fois, j'ai fait semblant d'être malade et ma mère m'a crue.

—Du sauras, Bibi, que c'est beaucoup blus facile pour quelqu'un en sandé d'imider un balade que pour un balade d'imider quelqu'un en sandé, avait répondu Mathieu. As-du déjà essayé de ne bas barler du nez quand du as la gribbe?

C'était bien triste quand même. Ce voyage de cinq jours au Lac-Saint-Jean était prévu depuis plusieurs semaines. Tout le monde était excité à l'idée d'y aller. Même Mme Duhaime, la maîtresse, avait les joues plus rouges quand elle en parlait. Il faut dire que c'était son idée. Elle a toujours toutes sortes d'idées, Mme Duhaime. Par exemple que les voyages forment la jeunesse.

Par contre, Mme Dupuis, la directrice, est rarement de son avis. Elle, elle croit que c'est l'école qui forme la jeunesse. L'école et rien d'autre. Elle n'était pas très emballée à l'idée d'envoyer la classe de cinquième à l'autre bout du Québec. Elle disait que cinq jours loin de l'école, c'était cinq jours de perdus. Mais Mme Duhaime avait tenu bon. Elle avait parlé de son projet lors d'une réunion de parents:

—J'ai eu une idée formidable, avait-elle déclaré aux parents réunis dans la grande salle après la remise des bulletins.

Tout le monde se demandait ce qu'elle allait bien inventer encore. L'année précédente, elle avait organisé une nuit de l'Halloween. Les élèves s'étaient déguisés et avaient apporté un sac de couchage. Ils avaient fait des jeux pendant la soirée. Ensuite, toute la classe avait dormi dans le gymnase sur les matelas de gymnastique. Mme Duhaime avait tout décoré. Elle avait même installé des bougies. Ça avait été super.

—Voilà, chers parents, j'ai pensé que cette année, toute la classe de cinquième pourrait aller passer cinq jours au Lac-Saint-Jean.

Un murmure avait parcouru la salle. Plusieurs points d'exclamation s'étaient dessinés sur les fronts des papas et des mamans. Mme Duhaime avait continué:

—Évidemment, cela ne sera pas cinq jours de congé. Nous ferons la classe tous les jours dans une école de Saint-Gédéon. C'est une petite ville en bordure du lac Saint-Jean. Ma cousine Francine enseigne dans cette école et elle m'a assurée qu'elle serait heureuse de nous y accueillir. Le soir, nous ferons des activités avec les enfants jeannois et nous coucherons dans une colonie de vacances, à deux kilomètres de la ville. Mon cousin Luc, qui a une camionnette, nous transportera matin et soir.

Mme Duhaime souriait en regardant les parents. Elle semblait assez fière de son idée.

La directrice avait toussé pour montrer que c'était une idée tout à fait absurde. Puis, il y avait eu un silence dans la grande salle. Mme Duhaime crut un instant que son projet ne plaisait à personne.

—C'est une idée tout simplement géniale! s'était écriée soudainement la mère d'Audrey comme si elle venait de se réveiller.

Ça avait dégelé les autres parents. Ils s'étaient mis à discuter entre eux, pesant le pour et le contre. Ils avaient posé des questions plus précises à Mme Duhaime concernant l'organisation du voyage. La maîtresse avait réponse à tout. Ensuite, la directrice avait demandé le vote. Finalement, pour le grand malheur de Mme Dupuis, les parents avaient décidé, comme Mme Duhaime, que les voyages formaient la jeunesse.

Quand Mme Duhaime avait annoncé la nouvelle à sa classe, le lendemain matin, ça avait été le délire. Stéphanie Sirois était montée sur sa chaise et avait crié que Mme Duhaime était la meilleure maîtresse du monde entier. Elle faisait tournoyer ses petites tresses blondes en tapant des mains. Toute la classe avait applaudi en frappant sur les pupitres. Les garçons assis en arrière poussaient des hurlements de Sioux.

Mme Duhaime était rouge comme une tomate. Elle était tellement contente qu'elle oubliait de faire cesser le vacarme.

C'est à ce moment-là que Mme Dupuis, la directrice qui a le nez le plus pointu de la terre, est arrivée. On dirait qu'elle est toujours cachée derrière la porte, celle-là. Aussitôt qu'il ne faudrait pas qu'elle arrive, on peut être sûr qu'elle est là.

St-Gédéon
Lac St-Jean

—Si vous n'êtes pas capables de vous tenir tranquilles, nous devrons annuler ce voyage au Lac-Saint-Jean!

Mme Duhaime avait les oreilles encore plus rouges qu'une tomate. Elle avait fait signe à la classe de se calmer, mais ce n'était plus nécessaire. Tous les élèves étaient assis droits comme des piquets et pas un son ne s'échappait de leurs lèvres bien fermées.

—Bon, les enfants, j'imagine que Mme Duhaime vous a annoncé la grande nouvelle, soupira la directrice. N'allez surtout pas vous imaginer que vous partez en vacances. Rappelez-vous que là-bas, vous devrez faire la classe comme si vous étiez ici. De plus, je tiens à vous informer que je vais préparer un examen à votre retour. Je veux m'assurer que vous n'aurez pas perdu votre temps.

La directrice leva son nez pointu

et le promena de gauche à droite afin de mieux savourer l'effet de sa mauvaise nouvelle. Personne ne disait mot. Il y avait seulement Delphine Jean-Baptiste qui tirait la langue, mais elle était cachée derrière Sébastien Laramée-Dupont et la directrice ne se rendit compte de rien.

—En tant que directrice, il est aussi de mon devoir de vous rappeler que chaque médaille a deux faces, continua-t-elle. Vous avez le privilège d'aller en voyage cinq jours, mais vous aurez aussi des obligations. Tous les élèves devront vendre du chocolat, des stylos et des billets de tirage pendant trois mois. Chacun devra travailler pour payer une partie de son transport et de sa nourriture. Nous vous donnerons les détails à la réunion qui aura lieu demain après-midi, après l'école. Bon. Je ne vous parle pas plus longtemps. Je ne veux pas empiéter sur votre précieux temps d'apprentissage. Je vous laisse donc à votre enseignante. J'ai déjà signalé à Mme Duhaime que je ne tolérerai aucun accroc au rendement scolaire à cause de cette histoire de voyage. Tenez-vous-le pour dit.

Mme Duhaime remua la tête pour bien montrer qu'elle avait compris. La directrice tourna son nez pointu vers la porte et sortit en faisant claquer ses talons.

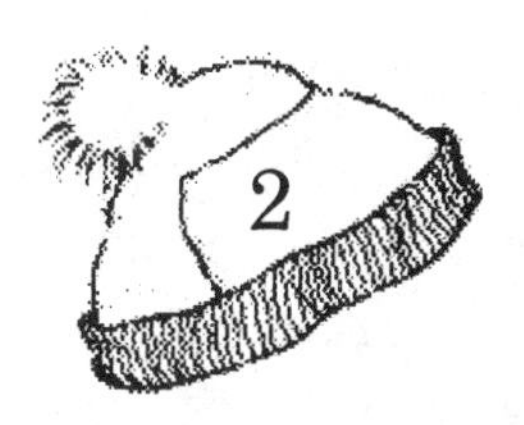

Ça avait fait toute une histoire quand la nouvelle s'était propagée dans la cour de récréation. Bien sûr, il y avait des jaloux dans les autres classes puisque seuls les élèves de Mme Duhaime partaient en voyage. Ça avait même provoqué une bagarre entre Étienne Tremblay et Colin Garceau, de la classe de M. Thomas. Colin Garceau avait crié à Étienne:

—Aïe, le niaiseux, tu t'en vas cueillir des bleuets congelés avec les autres niaiseux de ta classe? T'es mieux d'apporter tes mitaines si tu veux revenir avec tous tes doigts parce que l'hiver, là-bas, il fait moins 150 degrés Celsius.

—C'est pas vrai qu'il fait moins 150 degrés, avait répondu Étienne. Je le sais parce que je l'ai appris dans le cours de géographie du Lac-Saint-Jean que Mme Duhaime nous a donné.

—T'es juste un plouc qui sait rien, avait continué Colin. Moi, j'y suis déjà allé, tu sauras, et il faisait moins 153 degrés.

—Menteur! avait répondu Étienne.

—Je ne suis pas un menteur et toi, t'es juste un perroquet de prof, avait dit Colin.

—Si tu me répètes ça, je vais t'écraser ma mitaine sur le nez à 153 kilomètres à l'heure...

—Perroquet de prof...

Étienne avait sauté sur Colin pour essayer de lui faire manger de la neige par les oreilles, mais le gros

M. Thomas était venu les séparer à temps. Ils étaient restés en retenue tous les deux à copier la page 792 du dictionnaire, là où il y avait le mot «pardon». Ça, c'était bien le genre d'idées de Nez Pointu.

Mimi repensait à tout ça en regardant la neige tomber par la fenêtre de l'autobus. Elle décolla son nez de la vitre et le toucha du bout des doigts pour vérifier s'il n'était pas resté aplati. Il était froid mais avait repris sa forme habituelle, un petit peu retroussé. La buée dans la vitre s'effaçait lentement à l'endroit où elle avait posé son visage. Dehors il neigeait toujours très fort.

Il devait faire diablement froid parce que, même avec son gros chandail de laine, Mimi sentait un courant d'air glacé s'insinuer par la fenêtre. Ses pieds étaient légèrement engourdis. Elle les retira de ses bottes et les glissa sous ses fesses pour les réchauffer. Elle jeta un coup d'œil sur sa voisine. Carla dormait avec son anorak sur le dos. Ses pieds étaient emmitouflés dans sa tuque. Elle les avait posés sur son sac de voyage pour ne pas salir sa tuque. Ça faisait plus d'une heure qu'elle dormait ainsi, la bouche ouverte.

Quand ils étaient partis, vers huit heures trente le matin, tout le monde parlait en même temps. C'était à se demander si quelqu'un écoutait quelqu'un dans tout ce chahut. L'autobus était à peine rendu sur l'autoroute que les tuques et les mitaines avaient commencé à virevolter. On voyait des têtes décoiffées surgir soudainement derrière un siège en criant, puis on voyait une tuque passer dans les airs. La tête décoiffée hurlait pendant que la tuque volait de siège en siège, poursuivie par des mitaines dépareillées. Ça voyageait dans tous les sens. La maîtresse, qui s'était levée pour essayer de calmer la tempête de vêtements, avait reçu

TIE DE SECOURS

les mitaines du gros José Brunet dans ses lunettes. Tout le monde avait ri. Sauf elle, évidemment.

Heureusement, elle n'était pas fâchée. Elle a bon caractère, Mme Duhaime. Elle avait remis ses lunettes bien droites sur son nez et avait proposé que tout le groupe chante des chansons. Ça, c'est bien son genre d'idée. Avec elle, plus on est nombreux pour faire quelque chose, mieux c'est. Je ne sais pas si elle invite toutes ses amies quand elle prend son bain ou quand elle fait le ménage de sa chambre. En tout cas, ça ne m'étonnerait pas qu'elle fasse exprès d'aller à l'épicerie vers cinq heures le soir, au moment où il y a le plus de monde.

Au début, tous les élèves s'égosillaient pour lui faire plaisir, mais plus l'autobus roulait, plus la chorale perdait des joueurs. À Québec, on entendait juste la petite voix aiguë de Mme Duhaime. Au deuxième couplet d'une chanson de Noël, elle s'est rendu compte qu'elle chantait toute seule et elle s'est arrêtée.

Pendant quelques minutes, on n'a entendu que le ronron du moteur dans le grand silence ouaté de l'hiver. Mimi regardait toujours par la fenêtre. Dehors il faisait froid mais elle avait chaud à l'intérieur. Elle était bien.

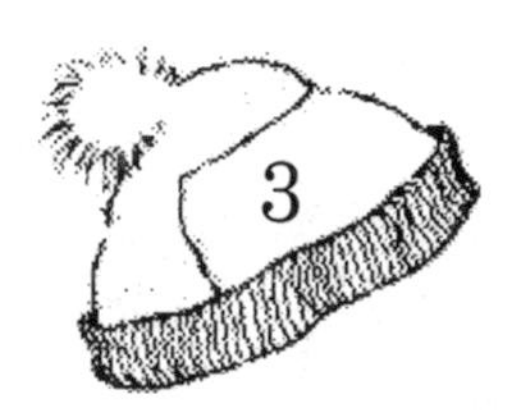

Quand l'autobus eut dépassé la toile d'araignée d'autoroutes et de boulevards qui entourent la ville de Québec, Mme Duhaime s'est mise debout au milieu de l'allée et elle s'est adressée à sa classe:

—Les amis, nous sommes maintenant dans le parc des Laurentides. Est-ce que quelqu'un se rappelle la superficie du parc, qu'on appelle aussi «réserve faunique des Laurentides»?

—Mille millions de flocons de neige carrés, avait laissé échapper

Mimi avant d'enfouir son visage dans ses mains pour étouffer son rire.

Des éclats de rire avaient fusé de tous les sièges de l'autobus. Ça faisait un drôle d'effet parce qu'on ne voyait pas une seule tête dépasser. C'était comme si l'autobus lui-même s'était mis à rire.

Même Mme Duhaime avait souri.

—Personne n'a de réponse plus sérieuse à me proposer? Avez-vous oublié l'examen que Mme Dupuis vous fera passer au retour?

—Hou! Hou! se mit à chahuter l'autobus.

—Vieille sorcière au nez pointu! cria une voix.

Mme Duhaime se pinça les lèvres, ses joues s'empourprèrent. Tout le monde crut qu'elle allait se fâcher. Puis, contre toute attente, elle éclata de rire.

—Je ne veux plus jamais entendre ça, finit-elle par dire en reprenant son sérieux. Alors, personne ne peut me donner la superficie du parc des Laurentides?

—Sept mille neuf cent trente-quatre kilomètres carrés, répondit Minh d'une voix encore tout endormie.

— Ça m'étonnait aussi que notre spécialiste des chiffres ne sache pas cela, lui dit la maîtresse en souriant.

—C'est vrai, madame, qu'il n'y a qu'une station d'essence et qu'elle est au milieu? demanda Miguel.

Miguel est obsédé par tout ce qui est voiture. Dans sa chambre, il y a du papier peint avec des automobiles, ses draps ont des motifs de voiture sport. Sa collection d'autos miniatures encombre le dessus de tous ses meubles et il a posé au plafond des affiches publicitaires de marchands d'automobiles. Si quelqu'un inventait la confiture de voitures, il en mettrait sur ses rôties le matin.

—C'est vrai, confirma Mme Duhaime. Cet endroit, situé à peu près à mi-chemin, s'appelle L'Étape. On y trouve aussi un restaurant.

—Il n'y a aucun village avant la fin du parc? s'étonna Mimi.

—Eh non, ma chouette. Pas avant deux cent kilomètres. Nous sommes en plein bois.

Au moment même où Mme Duhaime prononçait cette phrase, l'autobus fit une embardée. La maîtresse fut projetée sur la gauche et alla s'écraser sur Nadine Bissonnette, qui mangeait tranquillement un sandwich au jambon avec de la moutarde. Tous les élèves crièrent en chœur en s'entrechoquant les uns contre les autres. Cela ne dura que quelques secondes, mais ceux qui dormaient encore se réveillèrent brusquement.

—Qu'est-ce qui se passe? Où sommes-nous? demanda Carla, un peu hébétée, en repoussant Mimi vers la fenêtre.

Elle n'avait plus qu'un pied dans

sa tuque. L'autre reposait dans une flaque de neige fondue au milieu de l'allée.

—Ce n'est rien, s'empressa de les rassurer Mme Duhaime.

La maîtresse avait de la moutarde sur la manche de son chandail. On vit apparaître la figure joufflue de Nadine Bissonnette au-dessus du dossier de son siège. Elle était couverte de moutarde. Elle se tenait la joue en faisant la grimace. Elle était au bord des larmes.

—L'autobus a un peu dérapé à cause de la neige, mais tout va bien, continua Mme Duhaime en caressant nerveusement la joue toute jaune de Nadine, ce qui ne faisait qu'étendre la moutarde un peu plus.

Puis elle courut vers l'avant de l'autobus pour discuter avec le chauffeur.

Tout le monde parlait en même temps. Les plus fanfarons riaient et se racontaient des histoires d'accidents de voitures dont ils avaient été témoins. Les plus peureux échafaudaient des scénarios horribles où ils imaginaient qu'ils mourraient gelés au fond d'un ravin d'où personne ne viendrait les sortir.

Mimi regardait Mme Duhaime en se demandant ce qu'elle pouvait bien raconter au chauffeur.

Soudain, le derrière de l'autobus glissa vers la droite, envoyant de nouveau valser Mme Duhaime, qui, cette fois, fut précipitée dans le pare-brise. Un cri composé de plusieurs voix s'éleva. Un cri semblable à celui qu'on entend dans les manèges des parcs d'attractions. Un cri fait d'un peu de peur mais surtout de beaucoup d'excitation.

C'est ce que Mimi eut le temps de se dire avant d'aller s'écraser sur la vitre, la tête de Carla dans son cou. Des cris et des rires continuaient de jaillir de tous les sièges.

Mme Duhaime se releva mais tomba aussitôt à genoux devant le chauffeur.

—Nom d'une noix! maugréait celui-ci. Nous n'y arriverons jamais...

L'autobus avait cessé de danser, mais il n'avançait plus. Ses roues tournaient dans la neige sans mordre la route.

Mimi regarda par la fenêtre. À travers le blizzard, elle vit que l'autobus était au milieu d'une pente assez abrupte. Sur la droite, il y avait une vaste étendue déboisée qui devait être un lac. Mimi eut un frisson.

—Madame! Madame! Je vais être malade! cria Nadine Bissonnette.

—Mais non, ma chouette, répondit Mme Duhaime en avançant à genoux dans l'allée détrempée. C'est fini, là. N'est-ce pas, monsieur Bélanger?

—Nom d'une tarte au citron! lança simplement le chauffeur.

Le moteur de l'autobus grondait comme s'il filait à toute vitesse, mais l'autobus n'avançait pas d'un millimètre.

—On est pris! hurla Nadine Bissonnette.

—Calme-toi, ma chouette. Nous avons de la difficulté à monter cette pente, c'est vrai, mais nous y parviendrons. M. Bélanger est un chauffeur expérimenté.

Avec le calme d'une hôtesse de l'air quand le moteur est en feu, Mme Duhaime essaya de changer les idées de sa classe.

—Est-ce que quelqu'un peut me dire combien il y a de lacs dans la réserve faunique des Laurentides?

Elle avait beau essayer d'être sereine, Mme Duhaime était blanche comme un drap et ses yeux semblaient vouloir sortir de ses lunettes.

—Si on allait tous au fond de l'autobus pour mettre du poids sur les roues arrière, peut-être que ça nous aiderait à monter! s'exclama Miguel.

Mme Duhaime resta un moment la bouche ouverte avec son nombre de lacs sur le bout de la langue. Elle tourna la tête vers le chauffeur.

—Qu'en pensez-vous, monsieur Bélanger?

—Le petit a peut-être raison! hurla le chauffeur sans se retourner.

Il était agrippé à son énorme volant et gardait les sourcils froncés, le regard très concentré sur la route.

—On ne perd rien à essayer, en tout cas. Pour le moment, nous n'avançons plus du tout.

—Mettez vos bottes calmement, ordonna Mme Duhaime.

Puis, plus doucement, elle continua:

—Vous allez faire exactement ce que je vais vous dire. Pour commencer, je ne veux pas entendre un mot.

Avec son sens de l'organisation habituel, Mme Duhaime avait réussi à faire tenir la classe de cinquième au complet sur les quatre sièges des deux dernières rangées.

Toute l'opération n'avait pris que deux minutes quinze secondes. C'est Minh Tran qui l'avait minutée avec le chronomètre qu'il trimbalait toujours partout, pendu à son cou.

Trois personnes debout sur chacun des sièges arrière, trois autres debout devant chaque siège. Ça en faisait déjà vingt-quatre de casés. La maîtresse et les cinq qui restaient entassés au milieu de l'allée, le compte y était: trente personnes sur deux rangées de sièges. Mimi se demanda si c'était un record mondial.

— Si on les plaçait comme ça, on pourrait faire entrer quatre cent-cinquante personnes dans un autobus! s'exclama Minh.

Vu les circonstances, les calculs de Minh n'intéressaient pas grand-monde. Les enfants voulaient beaucoup plus savoir si leur poids

serait suffisant pour faire monter la pente à l'autobus. Personne n'avait envie de rester pris au beau milieu d'un parc national de près de huit mille kilomètres carrés. Surtout pas pendant une tempête de neige.

—Est-ce qu'on avance au moins? demanda Carla avec son accent ensoleillé.

—Je ne sais pas, chuchota Mimi, on ne voit plus rien dehors. Il y a trop de poudrerie.

Miguel, les yeux fixés sur la fenêtre, était de tout cœur avec le moteur. Il vrombissait avec lui, comme si ça pouvait l'aider.

Cela donna une idée à Mme Duhaime, la championne des activités de groupe.

—Allez, tous ensemble, on va aider l'autobus à monter la côte, dit-elle.

Elle se mit à vrombir avec Miguel en balançant son corps vers l'avant. Tous l'imitèrent.

—Ça marche! On avance! hurla M. Bélanger. Lentement, mais on avance. Continuez, les enfants! On va y arriver!

Les élèves, ainsi que Mme Duhaime, vrombirent de plus belle.

—Vrrrroummmm! Vroummm! ronronnait tout le monde, les dents et les poings serrés.

—Ça y est! s'exclama M. Bélanger, nous sommes parvenus en haut de la pente!

Un tonnerre d'applaudissements et de cris de joie accompagna le cri de victoire du chauffeur.

Mimi jeta un coup d'œil par la fenêtre. On voyait de nouveau les sapins enneigés du parc national. On aurait dit que la tempête se calmait un peu. Mimi respira un grand coup. Les émotions fortes, c'est bien, mais quand ça ne dure pas trop longtemps.

Chacun retourna à son siège. Maintenant que la peur était passée, le nombre de décibels dans l'autobus était à son comble. Ça caquetait, ça pépiait, ça discutait ferme. Tout le monde voulait raconter ce qu'il avait ressenti. Comment il avait été projeté sur la fenêtre ou sur son voisin. Chacun montrait l'endroit où il s'était cogné, espérant y trouver un bleu ou une marque témoignant de son aventure.

L'autobus roulait tranquillement, comme si rien ne s'était passé. La neige tournoyait toujours, mais au moins on voyait où on s'en allait.

Mme Duhaime n'essaya pas de calmer sa classe. Elle sentait que ses élèves avaient besoin de parler pour faire sortir la pression. La directrice était loin et ne risquait pas de surgir du capot de l'autobus.

Mme Duhaime déclara seulement, en criant par-dessus le tumulte, qu'il était midi et que c'était donc l'heure de manger.

Tout le monde sortit son lunch de son sac. La bouche pleine, les élèves continuaient de commenter l'événement en riant. Ils l'avaient échappé belle.

Carla partagea son *empanada* avec Mimi. Mimi, en échange, lui donna la moitié de son sandwich au pâté de foie. Mimi raffolait des *empanadas*.

—C'est dommage que ma mère ne se soit pas remariée avec un Chilien, lança Mimi. Comme toujours, elle n'en a fait qu'à sa tête. Il a fallu qu'elle choisisse un pâtissier.

—Voyons, Mimi, tu dis n'importe quoi. La pâtisserie, ce n'est pas comme le Chili, ce n'est pas un pays, répondit Carla.

—Je sais bien, dit Mimi. Mais c'est dommage quand même.

—Moi, j'adorerais ça avoir un père pâtissier, lui confia Carla. Le mien, il fait de délicieux *empanadas* mais il rate toujours ses gâteaux.

—Madame! Madame! J'ai envie de pipi.

—Ça, c'est Nadine Bissonnette, je suis prête à parier n'importe quoi, souffla Carla à l'oreille de Mimi.

—Ma petite Nadine, tu vas devoir attendre encore un peu. Avec le temps qu'il fait, on ne peut vraiment pas s'arrêter au bord de la route.

—Je te l'avais dit que c'était elle, gloussa Carla.

—Mais, Madame... Ça me fait mal au ventre, pleurnicha Nadine.

—Ce ne sera plus très long maintenant. N'est-ce pas, monsieur Bélanger?

Le chauffeur ne répondit pas.

—N'est-ce pas, monsieur Bélanger? répéta Mme Duhaime. On arrive bientôt à L'Étape? Non?

—Nom de nom d'une tarte au citron! laissa échapper le chauffeur.

—Qu'est-ce qui se passe, monsieur Bélanger? Quelque chose ne va pas? demanda Mme Duhaime avec un soupçon d'inquiétude.

—On est perdus! hurla Nadine Bissonnette.

—C'est impossible, répondit Miguel. Mme Duhaime a dit qu'il n'y avait qu'une route.

—Qu'y a-t-il?

Mme Duhaime avait pris une voix plus autoritaire pour poser sa question.

—C'est le moteur! Il a quelque

chose qui ne va pas! annonça M. Bélanger d'une voix sombre. On dirait qu'il va nous lâcher.

—Le moteur...? répéta Mme Duhaime.

L'autobus commença de hoqueter.

—Qu'est-ce qu'on va faire? cria Miguel.

L'autobus parcourut encore quelques mètres en toussant avant de s'immobiliser.

—On va mourir! gémit Nadine Bissonnette.

—Qui a ma mitaine? demanda José Brunet.

—Tout d'un coup que c'est vrai qu'il fait moins 153 degrés? s'effraya Étienne Tremblay.

Mimi et Carla se prirent par la main et se serrèrent très fort.

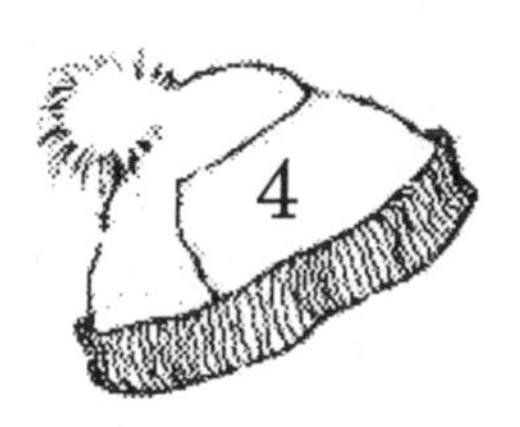

—Encore une fois, je vais vous demander de rester très calmes, les enfants, dit Mme Duhaime. Nadine, ma chouette, arrête de pleurer comme ça.

Mimi jeta un coup d'œil par la fenêtre. La poudrerie avait recommencé avec plus de vigueur. On ne voyait presque plus les sapins et les épinettes. C'est à peine si on devinait où commençait et où finissait la route. C'était comme quand la télévision est entre deux chaînes.

—N'ajustez pas votre appareil, murmura Mimi.

—Qu'est-ce que tu racontes? demanda Carla.

—Oh, rien...

—Finissez de manger, vous allez avoir besoin de toutes vos forces pour lutter contre le froid, dit la maîtresse. Quand vous aurez fini, habillez-vous bien chaudement. Stéphane, occupe-toi de Nadine, s'il te plaît.

Pendant que Stéphane, qui se prenait pour le fils d'Indiana Jones, essayait de convaincre Nadine Bissonnette qu'elle vivait le plus beau jour de sa vie, Mme Duhaime se dirigea vers le chauffeur.

—Qu'est-ce qu'on fait? lui demanda-t-elle à mi-voix.

—Je n'en sais fichtrement rien, nom d'une noix! répondit-il.

—Vous croyez que L'Étape est encore loin?

—Je ne crois pas, mais c'est difficile à dire avec ce sale temps. On ne voit pas à un mètre. Trois centimètres de neige, qu'ils avaient dit à la météo... Trois centimètres! Il y en a déjà trente et ça ne fait que commencer...

—Si on attend un peu, il y a sûrement une voiture qui va passer, suggéra Mme Duhaime. On pourrait lui demander de nous envoyer une dépanneuse du garage...

—Il n'y a rien de moins sûr, répondit M. Bélanger. Premièrement, ils doivent avoir fermé l'entrée du parc, comme ils le font toujours pendant une tempête. Il n'y a peut-être personne qui nous suit.

—Et deuxièmement? demanda Mme Duhaime, la gorge nouée à l'idée que l'autobus puisse être le seul véhicule sur cette route isolée.

—Deuxièmement, continua le chauffeur, si un autobus chargé comme le nôtre a eu de la difficulté à monter la grosse pente tout à l'heure, je ne vois pas comment une pauvre petite voiture y parviendrait. Il n'y a qu'une solution, murmura M. Bélanger.

—Laquelle? demanda Mme Duhaime.

—Je vais partir en éclaireur et je vais essayer d'atteindre L'Étape.

—Tout seul?

—On n'a pas le choix.

—Vous ne voulez pas attendre que la tempête diminue?

—Ça peut être encore long. Si on attend trop, il va faire noir.

—Vous avez peut-être raison.

—De plus, sans chauffage, la température va baisser rapidement dans l'autobus. Il vaut mieux que je parte tout de suite, continua le chauffeur.

—Voulez-vous mon manteau de fourrure? demanda Mme Duhaime.

—Un manteau de femme?

—Non, M. Bélanger: un manteau de castor, répondit Mme Duhaime avec un sourire. Vous ne vous rendez pas à un défilé de mode à ce que je sache. Allez, ne faites pas le difficile, prenez-le. Je suis sûre que vous ne le regretterez pas.

—D'accord. Je vous remercie, Mme Duhaime. Bon, j'y vais maintenant.

—C'est moi qui vous remercie, affirma Mme Duhaime en lui serrant la main. Faites bien attention à vous.

M. Bélanger enfila le manteau de Mme Duhaime sous le regard intrigué de la classe. Mais personne ne fit de commentaires. Tout le monde était beaucoup trop inquiet pour faire des blagues.

Mme Duhaime expliqua la situation à ses élèves. Elle était si calme qu'elle parvint à les apaiser.

—C'est une aventure palpitante, assura-t-elle. Quand vous allez raconter ça à vos camarades, ils vont tous vous envier d'avoir vécu une situation aussi excitante.

Dehors, la neige tombait toujours. Le vent la faisait tournoyer dans

ECOLIERS

tous les sens. Mimi pensa au pauvre monsieur Bélanger tout seul dans la tempête. Sa moustache devait être couverte de frimas.

—Pourvu qu'il revienne vite, murmura-t-elle.

Carla lui lança un coup d'œil et sourit en lui montrant ses doigts croisés, qu'elle camouflait dans les manches de son anorak.

—Croise tes doigts toi aussi, Mimi. Il paraît que ça porte chance, dit Carla.

—Voyons, Carla, c'est des histoires de grand-mère, répondit Mimi en haussant les épaules.

Mimi tourna la tête vers la fenêtre comme si de rien n'était. Mais à l'intérieur de ses mitaines, elle croisa l'index et le majeur. Après tout, qu'est-ce qu'elle perdait à essayer?

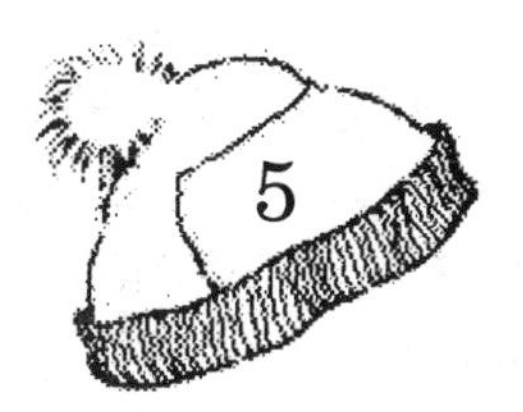

Mme Duhaime avait organisé une partie de sièges musicaux. Une de ses nouvelles inventions. Elle chantait des chansons à tue-tête et, quand elle s'arrêtait, tout le monde devait être assis. Ceux qui étaient encore debout allaient chanter avec elle en avant de l'autobus.

Miguel, qui avait perdu le premier, s'était installé à la place du chauffeur et accompagnait la chorale en klaxonnant.

Cette activité était censée tenir au chaud le corps et l'esprit, leur avait confié Mme Duhaime. La peur donne froid à l'intérieur et le meilleur moyen de ne pas avoir peur consiste à penser à autre chose.

Ça avait duré plus d'une demi-heure. Après, Mme Duhaime avait décidé que ce n'était pas la peine de s'épuiser complètement.

—Enroulez-vous tous dans votre sac de couchage, avait suggéré la maîtresse. Ensuite, ceux qui sont assis du côté de la fenêtre raconteront une histoire à ceux qui sont assis du côté de l'allée. Quand je dirai «top», vous inverserez les rôles. Ça vous va?

Personne n'avait osé avouer qu'il n'en avait pas vraiment envie.

Mimi avait commencé une histoire de plage et de soleil pour essayer de se changer les idées, mais le cœur n'y était pas.

Une heure plus tard, la température avait baissé de plus de dix degrés dans l'autobus et M. Bélanger n'était toujours pas revenu.

—On dirait qu'il va bientôt faire noir, dit Carla.

Les vitres de l'autobus s'étaient couvertes de givre. On ne pouvait plus voir dehors. Mimi gratta un petit coin de la vitre avec sa mitaine pour y glisser un œil.

—Il ne neige presque plus.

—Et si M. Bélanger ne revenait jamais? demanda Carla.

Au même moment, Mme Duhaime se leva dans l'allée. Elle enfila le manteau du chauffeur.

—Ça suffit comme ça, articula-t-elle. On ne va pas attendre tranquillement d'être tous congelés comme des poulets de supermarché. Je vais profiter de cette accalmie pour inspecter les alentours. Il y a peut-être un refuge, ou quelque chose...

—Est-ce que je peux y aller avec vous? demanda Stéphane «Indiana Jones» Lachaîne.

Mme Duhaime hésita un instant.

—Non, je préfère y aller seule. Miguel, peux-tu venir m'ouvrir la portière, s'il te plaît? Referme-la bien une fois que je serai sortie.

Dehors, le vent s'était calmé. Quelques flocons de neige continuaient de tomber d'un ciel de plus en plus sombre. Il y avait bien un mètre de neige.

À travers le petit trou qu'elle grattait dans le givre, Mimi vit Mme Duhaime s'éloigner lentement.

—Je veux faire pipi! cria Nadine Bissonnette.

—Mme Duhaime a dit que personne ne pouvait sortir, répondit Stéphane.

—Mais je vais mourir, c'est sûr, si je ne fais pas pipi dans la minute qui vient, pleurnicha-t-elle.

—C'est vrai qu'elle a envie depuis plus d'une heure, lâcha Delphine Jean-Baptiste qui était assise à côté d'elle. Et je n'ai pas le goût qu'elle fasse ça sur le siège...

—Elle a raison, ajouta Carla. La pauvre Nadine a déjà bien attendu.

—Mais Mme Duhaime a dit que... commença Stéphane.

—Mme Duhaime a oublié que Nadine avait envie, argumenta José Brunet, debout sur son siège. C'est un cas d'urgence. Mme Duhaime n'avait pas prévu de cas d'urgence.

—On devrait voter, suggéra Minh. Comme ça, on aura décidé tout le monde ensemble et Mme Duhaime ne pourra reprocher la décision à personne en particulier. Qu'est-ce que vous en pensez?

—Bonne idée! crièrent les élèves en chœur.

—Dépêchez-vous, gémit Nadine.

Elle était debout au milieu de l'allée et tenait sa culotte à deux mains.

—Quels sont ceux qui sont pour que Nadine sorte pour aller faire pipi? demanda Minh, d'une voix très officielle.

—Vite! geignit Nadine avec une petite voix de souris.

Tout le monde leva la main.

—Tu peux y aller, Nadine!

—Tu cogneras quand tu voudras rentrer, dit Miguel en ouvrant la portière.

—Ne regardez pas dehors! cria Nadine, courant vers la sortie, le pantalon déjà détaché.

Deux minutes plus tard, elle frappait à la portière.

Miguel empoigna la manette à deux mains et tira pour ouvrir la portière. Mais la neige avait obstrué l'entrée et il ne parvint pas à l'ouvrir.

Nadine frappait de plus belle.

—Ouvrez-moi! Ouvrez-moi! pleurnichait-elle.

—J'essaie, mais je ne suis pas capable, répondit Miguel.

—Vous n'êtes pas drôles! hurlait Nadine.

—Ce n'est pas une blague, marmonnait Miguel qui tirait la poignée tant qu'il pouvait. On dirait que le mécanisme est gelé.

—Dépêchez-vous! Il commence à faire noir. J'ai peur!

—On fait tout ce qu'on peut! lui cria Stéphane, venu aider Miguel.

—J'ai froid!

Delphine s'était jointe à eux et essayait de déblayer la neige qui s'était amassée sur la première marche, celle sur laquelle s'ouvrait la portière.

—Ça ne sera pas long, Nadine, lui dit-elle.

—J'entends des loups!

—C'est le vent, Nadine. Ne t'en fais pas. Le vent n'a jamais dévoré personne, ajouta Miguel, pas très sûr de lui.

La moitié de la classe s'entassait maintenant à l'avant de l'autobus. Tout le monde voulait essayer de tirer la manette, de pousser la portière, de rassurer la pauvre Nadine.

Mimi regarda Carla et lui fit un clin d'œil.

—Aide-moi, Carla, lui souffla-t-elle.

Elle se mit à genoux sur son siège et Carla s'installa à ses côtés. Deux minutes après, Mimi et Carla passaient la tête par la fenêtre et respiraient l'air piquant et froid.

—Ça va, Nadine? cria Mimi en passant la tête dehors.

—Venez me chercher! implorait Nadine en courant péniblement vers elles.

Elle avait de la neige jusqu'aux cuisses.

—Fais un gros tas de neige devant la fenêtre, lui conseilla Mimi. Après, on n'aura plus qu'à te tirer.

Nadine se mit à la tâche. Elle accumula rapidement de quoi faire un bon marchepied. Mimi et Carla l'aidèrent ensuite à se hisser à l'intérieur.

Au même moment, un cri de victoire parvenait de l'avant de l'auto-

bus. La portière venait enfin de s'ouvrir.

—On arrive trop tard, elle est disparue! hurla Delphine en regardant dehors.

—Mais non, bande de cornichons, je suis ici! s'écria Nadine.

Tout le monde se retourna en même temps.

—Mimi et Carla m'ont fait entrer par la fenêtre! ajouta Nadine, toute fière, les joues froides et rouges comme deux pommes McIntosh sortant du réfrigérateur.

—La portière! hurla de nouveau Miguel.

—Qu'est-ce qu'elle a encore? demanda Mimi.

—Je n'arrive pas à la refermer.

—Ah, non!... firent tous les enfants en chœur.

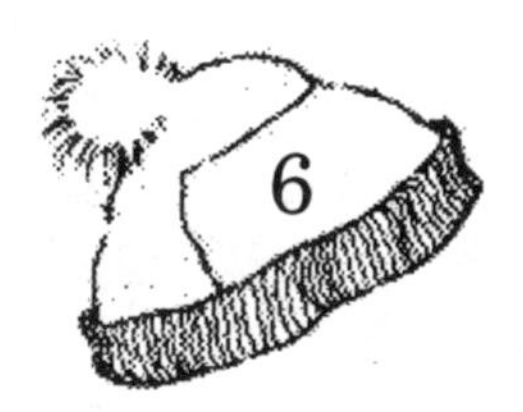

—La maîtresse! cria Stéphane. Elle arrive...

—Tout le monde à sa place! ordonna Minh.

En effet, à travers le pare-brise de l'autobus, on pouvait apercevoir la silhouette de Mme Duhaime avançant avec difficulté dans la neige fraîchement tombée.

—Qu'est-ce qui se passe ici? demanda Mme Duhaime, aussitôt qu'elle fut entrée dans l'autobus. On vous entend depuis un kilomètre.

—La porte est coincée, madame,

répondit Miguel. On arrive plus à la refermer.

—Il ne manquait plus que ça...

—Alors, madame, avez-vous vu quelque chose? questionna Minh.

—Est-ce que le restaurant est encore loin? voulut savoir le gros José Brunet.

—Avez-vous rencontré des ours? s'enquit Stéphane.

—Du calme, du calme, les enfants. Je n'ai rien vu du tout. Pas plus d'Étape à l'horizon que de loups affamés. Il n'y a que de la neige et des épinettes. J'ai bien peur que nous devions attendre le retour de M. Bélanger.

—Et s'il ne revenait pas? S'il était perdu? Allons-nous rester ici même s'il fait très noir? Est-ce que les loups attaquent les autobus scolaires? Est-ce que c'est vrai que quand les doigts gèlent, ils tombent? Combien ça prend de temps pour mourir de froid? Est-ce que ça fait mal?

Toutes ces questions parvenaient en même temps aux oreilles de Mme Duhaime. Elle mit ses mitaines pleines de neige sur ses oreilles.

—Les enfants, taisez-vous! ordonna-t-elle d'une voix plus forte que d'habitude. Je ne veux plus entendre une seule question de ce genre. La situation n'est pas encore désespérée. Personne n'est en train de mourir gelé, à ce que je sache?

—C'est que... commença Stéphanie Sirois.

—Qu'est-ce qu'il y a? demanda Mme Duhaime, inquiète.

—C'est que... C'est James...

—Quoi, qu'est-ce qu'il a?

—Ben, il dit qu'il ne sent plus son pied droit.

—C'est vrai, James?

—C'est parce que mes bottes étaient mouillées quand je suis parti, répondit James, la tête basse. Celle de droite a un trou...

—Enlève ça tout de suite, dit

Mme Duhaime en courant vers lui. On va réchauffer tes pieds.

Au même moment, un bruit se fit entendre. Un ronronnement qui semblait se rapprocher.

Tout le monde retint son souffle.

—Qu'est-ce que c'est? glissa Carla à l'oreille de Mimi.

—Je ne sais pas, répondit celle-ci.

Miguel courut voir par la portière.

—Il y a deux hommes sur une motoneige! hurla-t-il.

Deux minutes plus tard, les deux individus montaient à bord de l'autobus.

—Bonjour, les enfants! dit l'un.

—Bonjour, madame! ajouta l'autre.

—Alors, on est en panne? demanda le premier.

Mme Duhaime se précipita sur eux, abandonnant James les deux pieds nus.

—Messieurs, on peut dire que vous tombez à point. On commençait à s'inquiéter. Je suis Mme Duhaime. Voici ma classe de cinquième.

—Moi, c'est Charlie, dit l'un.

—Moi, c'est Charlot, leur confia l'autre.

—On travaille dans le parc. On est agents de conservation. On veille, entre autres, à la sécurité du public, les informa Charlie.

—AAAHHHHH! hurla Stéphanie Sirois.

Tous les élèves sursautèrent. Mme Duhaime accourut vers le fond de l'autobus.

—Qu'est-ce qui se passe, Stéphanie? demanda la maîtresse.

—Ce n'est rien, répondit Stéphanie. C'est juste que j'ai mis les pieds de James dans mon chandail pour les réchauffer. Ils sont gelés!

Mme Duhaime soupira de soulagement et retourna vers les deux hommes.

—Avez-vous rencontré M. Bélanger, notre chauffeur?

—Pas vu de chauffeur, dit Charlot. T'as vu un chauffeur, toi, Charlie?

—Pas vu de chauffeur, moi non plus, Charlot, répondit Charlie.

—Mon Dieu, pourvu qu'il ne lui soit rien arrivé, s'inquiéta Mme Duhaime, les mains écrasées sur ses joues.

—Qu'est-ce qui s'est passé? demanda Charlot.

—Nous sommes tombés en panne, répondit Miguel.

—M. Bélanger est parti tout seul dans la tempête chercher du secours, ajouta Delphine.

—Je vois, dit Charlot. J'espère qu'il ne s'est pas perdu.

—Vous sentez-vous suffisamment en forme pour marcher jusqu'à L'Étape, les enfants? demanda Charlie.

—C'est encore loin? fit Nadine avec une moue.

—Trois kilomètres, répondit Charlot.

—Deux et demi, rectifia Charlie.

—Presque trois, répliqua Charlot.

—Entre deux et demi et trois, conclut Charlie.

—On ne peut pas y aller en motoneige? demanda Nadine.

—C'est parce qu'avec la motoneige il faudrait faire trente fois le voyage aller-retour, dit Charlie.

—Ça ferait près de cent quatre-vingt kilomètres, calcula Minh.

—On y passerait la nuit, ajouta Charlot.

—Alors, vous en sentez-vous capables? demanda Mme Duhaime.

Les «oui» commencèrent à fuser faiblement. Puis, la classe s'enhardit. Au bout de quinze secondes, tout le monde se sentait prêt à faire dix kilomètres.

—Je vous demanderais seulement de transporter le pauvre James. Il a les pieds gelés, expliqua Mme Duhaime.

—Pas de problème, dit joyeusement Charlie. Charlot l'emmènera sur la motoneige. Moi, je vais marcher avec vous pour vous montrer le chemin. Il y a un raccourci à travers la forêt.

—Vous voulez qu'on marche dans la forêt? s'écria Nadine, horrifiée. Mme Duhaime, ajouta-t-elle rapidement, je crois que je commence à ne plus sentir mon pied. J'ai des picotements...

—Allons, allons, Nadine. Il n'y a rien à craindre. Nous serons tous ensemble, la rassura Mme Duhaime.

—Et si on se perd, hein, si on se perd tous ensemble? répliqua la fillette.

—On ne peut pas se perdre, affirma Charlie. C'est un sentier de motoneige. Vous allez voir, ce sera même plus facile d'y marcher que sur la route. Le chemin est déjà tout tracé dans la neige.

—C'est lequel, James? demanda Charlot.

—C'est moi, répondit timidement celui-ci.

—Tiens, mon gaillard, mets ça. Tu m'en donneras des nouvelles.

Il sortit une paire de chaussettes d'une poche de son manteau.

—C'est ma mère qui les tricote. Il n'existe rien de plus chaud dans le monde entier.

—Bon, eh bien, les autres, préparez-vous. On n'a plus une minute à perdre. Quand vous êtes prêts, vous sortez, dit la maîtresse.

Mme Duhaime fit le tour de l'autobus, enfonçant une tuque par ici, nouant un foulard par là.

Cinq minutes plus tard, toute la classe se tenait prête, debout à la file indienne derrière Charlie. Ils envoyèrent la main à Charlot et à James qui s'enfonçaient dans la forêt sur la motoneige.

Le petit cortège se mit en branle à son tour. Charlie faisait de la lumière devant lui avec une grosse lampe de poche. C'était comme un phare en avant d'un train humain. Mme Duhaime fermait la marche.

La nuit était complètement tombée, mais à cause de la blancheur de la neige, il ne faisait pas tout à fait noir.

—Comme c'est beau... souffla Carla.

—C'est vrai, c'est magnifique, acquiesça Mimi.

La neige était immaculée. Il y en avait à perte de vue. Les branches des arbres étaient recouvertes de cette poudre brillante et froide. Quelques petits flocons flottaient encore dans l'air. Ils étincelaient comme de minuscules bijoux.

—Regardez, un lièvre, là-bas, dit Charlie en pointant sa lampe de poche vers la droite.

Ils arrêtèrent de marcher pour le regarder passer, bondissant dans la neige lisse.

—C'est le plus beau jour de ma

vie, s'écria Stéphane en roulant dans la neige. Enfin, une vraie aventure!

Tout le monde éclata de rire. Ils étaient tellement soulagés de savoir qu'ils seraient bientôt au chaud qu'ils ne pensaient même plus à se plaindre du froid. Personne n'avait peur. Même Nadine Bissonnette avançait dans la neige, le sourire aux lèvres.

Mimi pensa à Mathieu. Son cher petit Mathieu qui ratait cette expérience inoubliable. Elle essaya de se remémorer chaque mot et chaque geste afin de pouvoir lui en raconter les moindres détails.

Ils marchaient depuis environ vingt minutes quand ils entendirent un loup hurler au loin. Le petit groupe s'immobilisa, paralysé par la terreur.

—Il n'y a rien à craindre, dit Charlie de sa grosse voix.

—Mme Duhaime...! pleurnicha tout de même Nadine Bissonnette.

Elle voulut courir se jeter dans les bras de la maîtresse qui marchait derrière mais, à sa grande surprise, elle réalisa que celle-ci n'était plus là.

—Mme Duhaime! reprit-elle plus fort, d'une voix où se mêlaient l'étonnement et la peur.

Toute la classe se retourna au deuxième cri.

—Arrêtez! cria Stéphane à Charlie. Mme Duhaime n'est plus derrière nous. Ça alors, ça alors! Quelle journée! répétait-il en sautillant dans la neige.

—Elle a été mangée par un loup, gémit Nadine.

—Toi, tu as trop lu *Le Petit Chaperon rouge*, lui envoya Minh.

—Mais où est-elle passée alors? s'étonna le gros José.

—Et pourquoi on ne l'a pas entendue crier? s'intrigua Mimi.

Charlie fit demi-tour avec sa lampe de poche, éclairant l'endroit où Mme Duhaime aurait dû apparaître.

—Ne bougez surtout pas d'ici, les enfants, je vais aller voir. Elle ne peut pas être bien loin. Il n'y a qu'un chemin déblayé.

—J’y vais avec vous, monsieur Charlie, annonça Stéphane Lachaîne en courant derrière lui.

—Non, tu restes avec les autres, mon petit.

Puis, voyant que Stéphane était vexé, il ajouta:

—Tu les surveilles et, quand j’aurai besoin de toi, je t’appellerai.

—Quel sera le signal, chef? demanda Stéphane qui se prenait très au sérieux.

Charlie réprima un sourire et lança sans y penser:

—Je hurlerai trois fois comme le loup.

Puis il partit à grandes enjambées, avançant le plus vite qu’il pouvait sur le sentier de motoneige. Les enfants suivirent des yeux, en silence, la lumière de sa lampe de poche qui disparaissait dans la forêt.

Abandonnée dans l’obscurité totale, sans adulte, la classe avait vite perdu de son enthousiasme.

Personne n'osait parler. Tout le monde se tenait droit, sans bouger.

—J'ai froid aux pieds, chuchota Mimi.

—Moi aussi, lui avoua Carla.

—Moi, j'ai faim, ajouta José Brunet. Si j'avais su, j'aurais apporté deux lunches.

Il y eut quelques rires nerveux.

—On peut parler plus fort, s'exclama Stéphane. Pour une fois qu'il n'y a pas d'adultes!

—C'est vrai, dit Minh. Qu'est-ce qu'on a à rester tous plantés comme ça?

—Il fait tellement noir maintenant, murmura Delphine.

Le loup hurla de nouveau.

Tous ceux qui, la bouche ouverte, allaient se lancer dans une phrase ravalèrent leur salive.

—On va mourir! affirma Nadine d'un ton résolu. On va se faire dévorer par une meute de loups. Quand Mme Duhaime va nous retrouver, il ne restera plus que des os et des mitaines trouées.

—Toi, pour commencer, tu la fermes! gueula Minh. Compte jusqu'à cent cinquante-huit millions dans ta tête et, quand tu auras fini, tu recommenceras à parler!

—Croyez-vous que c'était Charlie? demanda Stéphane.

—Mais non, c'est un loup! affirma Miguel.

—J'aimerais mieux que ce soit Charlie, dit José, parce que l'autre fois, à la télé, j'ai vu un film avec des loups, et les loups, là...

Le loup hurla de nouveau.

—Laisse faire tes histoires de films, José, lui ordonna Mimi. Tu ne vois pas qu'on a assez peur comme ça?

Stéphane, lui, tendait l'oreille:

—C'est Charlie, j'en suis sûr. Ça fait deux fois. J'y vais!

Stéphane se préparait à partir quand Delphine l'arrêta:

—Il a dit trois fois, pas deux.

—Je sais, mais il est peut-être pris. Il a peut-être été bâillonné par des bandits et ne peut plus crier.

—Peut-être qu'il a été dévoré par des loups... supposa Nadine qui en faisait une obsession.

—Tu as déjà fini de compter, toi? lui lança Minh.

—Il faut que j'y aille, il a besoin de moi! gueula Stéphane que Delphine retenait toujours.

—Ne fais pas l'idiot, dit Carla. Tu sais très bien que tu ne servirais pas à grand-chose.

On entendit, au loin, un autre loup hurler.

—Trois fois: j'y vais! cria Stéphane en se défaisant brusquement de l'emprise de Delphine qui tomba sur le dos dans la neige.

Pendant que Mimi et Carla l'aidaient à se relever, Stéphane courait dans la direction où était parti Charlie.

Il n'avait pas fait vingt pas — en hurlant le thème musical du film d'Indiana Jones — que déjà il ne se sentait plus aussi brave. Il faisait vraiment noir dans cette forêt. Il ralentit le pas. S'il se trompait de chemin? S'il rencontrait un loup? Si Charlie et Mme Duhaime revenaient par un autre sentier et qu'il ne les croisait pas? Il avançait de plus en plus lentement et avait de moins en moins le cœur à chanter. Le son de sa voix lui faisait encore plus peur que le silence. Il s'arrêta avec un «tam da da dam» au travers de la gorge. Ça avait l'air si facile au cinéma de courir à l'aventure! Il se demanda si Indiana Jones avait parfois mal au ventre comme lui en ce moment.

Stéphane s'était arrêté et ne respirait presque plus. Il scrutait la forêt avec ses yeux et ses oreilles et se tenait prêt à déguerpir au moindre signe suspect. Le cœur lui battait dans la poitrine comme s'il avait couru le marathon en dix minutes douze secondes.

D'où il était, il pouvait encore apercevoir la classe debout à la file indienne. Il entendait les élèves se chamailler pour savoir s'ils devaient aller le chercher ou le laisser courir dans la forêt. Il regretta de ne pas avoir attendu un peu avant de partir à la rescousse de Charlie.

Trop orgueilleux pour retourner sur ses pas, Stéphane piétina la neige en se demandant ce qu'il allait faire. Si le hurlement venait véritablement d'un loup et non de Charlie, il était tout à fait possible qu'il tombe nez à nez avec un de ces mammifères. Il se demanda ce que ferait Indiana Jones dans cette situation. La réponse était évidente: il se battrait au corps à corps avec la bête sauvage. C'est ce que je vais faire, moi aussi, décida Stéphane.

Il essaya d'imaginer la scène pour se donner du courage. Le loup avancerait sournoisement vers lui. Il y aurait une musique aiguë et répétitive. Le loup et lui se regarderaient dans les yeux, essayant de s'intimider l'un l'autre. Puis le loup, voyant qu'il avait affaire à un adversaire coriace, sauterait brusquement sur Stéphane pour avoir l'avantage de la surprise. Ouam! Mais Stéphane l'attendrait de pied ferme. Ouaf! Il repousserait la bête dans la neige. Le loup, enragé, reviendrait à la charge après avoir tourné autour de lui quelques secondes. Re-ouam! Sous le choc, Stéphane perdrait l'équilibre. Ahhh! Ils rouleraient tous les deux dans la neige. Zim! Zap! Wou! Stéphane lutterait courageusement contre la créature féroce, évitant de justesse les crocs acérés de l'animal qui voudrait le dévorer. Juste au moment où le monstre s'apprêterait à refermer sa mâchoire puissante sur le bras du garçon, Charlie arriverait avec un fusil. Pan! Pan! La bête tomberait dans la neige, la bouche ouverte, avec un lambeau du manteau de son courageux adversaire accroché à ses dents. Toute la classe le féliciterait pour sa bravoure. Toutes les filles de l'école voudraient sortir avec lui. Ce serait super!

Stéphane se sentait tout ragaillardi par cette victoire imaginaire. Il releva la tête et regarda autour de lui, espérant y voir un loup prêt à se battre avec lui. Un peu plus et il se mettait à faire avec sa bouche les bruits qu'on fait pour appeler un chien.

Stéphane reprit sa marche sur le sentier de motoneige, plus décidé que jamais à devenir un héros. Dans sa tête, la musique du film avait recommencé à se faire entendre.

Quand il entendit une branche se casser à quelques mètres de lui, il se retourna vivement, les bras à la hauteur de la poitrine, en position de défense. Au début il ne vit rien de particulier, mais tout à coup ça lui sauta aux yeux comme si une chose en trois dimensions était sortie d'un écran de cinéma. La fourrure grise se détachait sur la neige comme si elle avait été rouge vif. Le loup, à quelques mètres de lui, avait la lèvre retroussée et montrait ses canines meurtrières. Les crocs étaient encore plus pointus qu'il ne les avait imaginés. Stéphane oublia sur-le-champ ses rêves d'héroïsme. Il partit comme une flèche. Trois secondes plus tard, il fonçait dans les bras de Miguel qui, sous le choc, recula et bouscula Nadine qui hurlait à pleins poumons.

—J'ai vu un loup, parvint-il à articuler.

Tout le monde se mit à crier et à courir dans tous les sens.

—Qu'est-ce qu'il y a? Qu'est-ce qu'il y a? s'égosillait le gros José en tournant en rond.

—Au loup! Au loup! s'époumonait

Nadine en agitant les bras dans les airs.

—Où ça? demandait Miguel depuis deux minutes sans avoir de réponse.

—Là-bas! Là-bas! disait Stéphane, tellement énervé qu'il montrait toutes les directions à la fois.

Mimi et Carla s'étaient réfugiées sous un gros sapin et se tenaient très serrées l'une contre l'autre. Elles n'avaient jamais autant souhaité être à la maison, devant la télévision.

—J'arrive, les enfants! N'ayez pas peur, les loups ne vous attaqueront pas.

C'était la voix de Charlie, qui revenait au galop avec Mme Duhaime à ses trousses. Il ralluma sa lampe de poche qu'il avait éteinte pour économiser les piles. Il connaissait le chemin par cœur et n'en avait pas vraiment besoin.

—Qu'est-ce qui se passe? Qu'est-ce que vous avez vu? demanda l'agent de conservation, une fois qu'il fut arrivé.

—C'est Stéphane... dit Delphine. Il était parti vous chercher... quand tout à coup...

—Il a vu un loup! hurla Nadine Bissonnette.

—C'est vrai, Stéphane?

—Oui.

—Et il était vivant?

—Ben, je crois que oui.

Miguel se retourna brusquement vers lui:

—Tu n'étais même pas sûr et tu courais comme ça?

—Quoi? Je n'étais pas pour attendre qu'il me saute dessus!

—Ce n'est pas Indiana Jones qu'il faudrait l'appeler, mais Ben Johnson! rigola Minh.

—Tu veux peut-être que j'y retourne pour voir si c'est un mâle ou une femelle...

—Ça suffit, les enfants, interrompit Charlie. Vous discuterez plus tard. Stéphane, où l'as-tu vu, ce loup?

—Là-bas, pas très loin, répondit Stéphane en indiquant le sentier.

—Bon, je vais aller voir. Restez ici.

Charlie repartit sur ses grandes jambes.

—Mme Duhaime, où étiez-vous? demanda Carla en sortant de sous le sapin.

—Je n'étais pas si loin. Imaginez-vous que j'ai fait un faux pas. Je me suis coincé le pied sous une branche. En tirant, j'ai perdu ma botte. Le temps de me déprendre, de récupérer ma botte et de la remettre, Charlie était là.

—C'est tout? fit Nadine, déçue.

—Eh oui, c'est tout.

—L'avez-vous entendu? s'enquit Stéphane, qui regardait dans la direction où était reparti Charlie.

Minh, Delphine et Miguel étaient debout à côté de lui. Miguel fit signe que oui.

—On dirait qu'il grogne...

—Est-ce qu'il était blessé? demanda Delphine.

—S'il est blessé, il peut être dangereux, commença José en s'approchant d'eux.

—Je ne sais pas, répondit Stéphane en regardant toujours droit devant lui. Je n'ai pas eu le temps de voir.

—C'est gros comment? voulut savoir Minh.

Au moment où Stéphane indiquait avec ses bras la grosseur de l'animal, ils entendirent la voix de Charlie.

—Les salauds!

Il y eut des bruits de branches cassées. Le loup gronda de nouveau. Les enfants se tenaient immobiles, terrorisés. Mme Duhaime pressait Nadine contre elle.

Il y eut un coup de feu. Les enfants se précipitèrent les uns sur les autres, s'agrippant au premier bras, à la première épaule qui leur venait sous la main. Mme Duhaime avait au moins huit élèves accrochés à elle.

Charlie revint lentement vers eux.

—Vous l'avez tué? cria Stéphane en fonçant sur lui.

—Je n'ai pas eu le choix, répondit tristement l'homme. Il était grièvement blessé.

—Comment ça, blessé? demanda Miguel.

—Il était pris dans un piège de braconnier. Il serait mort de toute façon. Mais ça me brise toujours le cœur d'avoir à les abattre.

—Moi, j'aime mieux qu'il soit mort, déclara Nadine.

—Il n'y a aucune raison d'avoir peur d'un loup, ma petite. C'est plutôt les loups qui ont peur des humains. Et hélas, souvent avec raison.

—Mais qu'est-ce qu'ils font, les braconniers, avec les loups qu'ils attrapent?

Delphine s'était approchée de Charlie pour lui poser la question. L'agent de conservation mit sa grosse main gantée sur la tête de la fillette et répondit:

—C'est pour la fourrure, ma belle.

—Et ils viennent jusqu'ici pour poser des pièges? demanda Carla, étonnée.

—On en trouve partout, dit Charlie. Ils les changent constamment de place pour essayer de nous semer.

Il se baissa pour rattacher le lacet de sa botte qui s'était défait. En se relevant, il ajouta:

—Allez, les enfants, maintenant que tout le monde est là, on repart.

Mimi le regarda, perplexe.

—Vous allez le laisser là?

—On reviendra le chercher avec Charlot tout à l'heure. Pour le moment, il vaut mieux se remettre en marche. On a encore plus de la moitié du chemin à faire.

—Est-ce que je peux retourner le voir?

Le ton de Stéphane était tellement suppliant que Charlie tourna la tête vers Mme Duhaime pour voir si elle était d'accord. Elle fit signe que oui.

—Bon, d'accord, mais dépêche-toi.

—Moi aussi, je veux y aller! Moi aussi! crièrent plusieurs voix.

Évidemment, maintenant tout le monde voulait le voir. Mme Duhaime regarda toutes les têtes tournées vers elle. Elle ne pouvait pas leur refuser ça. Si elle avait eu leur âge et que son institutrice lui avait refusé une chose pareille, elle lui en aurait voulu toute sa vie.

—Vous faites ça rapidement et par petits groupes, dit Mme Duhaime, déjà prête à organiser les visites.

Delphine avait presque pleuré en voyant le loup mort. Elle s'était écriée que les braconniers étaient des brutes sanguinaires qui méritaient d'être punies. Stéphane, lui, avait eu une illumination: quand il serait grand, il serait agent de conservation. Il pourchasserait les braconniers et les arrêterait tous. Il serait le héros de la forêt.

Miguel, lui, pensa qu'il préférait être mécanicien plutôt que vétérinaire. Une auto blessée, au moins, ça ne saigne pas. Il avait le cœur trop tendre pour ce genre de spectacle.

Carla refusa d'aller voir la bête. Elle avait trop peur de faire des cauchemars. Mimi y alla donc sans elle. Elle-même ne tenait pas à tout prix à voir le loup, mais si elle voulait tout raconter à Mathieu, il fallait bien qu'elle aille y jeter un coup d'œil.

Quand tout le monde eut fini de défiler et d'émettre des «ouaou!», des «brr!» ou des «ouach!» devant le corps du loup dans la neige, Mme Duhaime fit remettre sa classe en file indienne. Ils reprirent leur chemin dans le neige. Le reste du trajet se passa sans incident.

La joyeuse troupe arriva à L'Étape complètement affamée.

James, les pieds au chaud dans ses chaussettes deux fois trop grandes pour lui, les attendait en sirotant un chocolat chaud.

—C'est super ici, annonça-t-il. Ils font une pizza extraordinaire.

—On a vu un loup, annonça Nadine.

Les yeux de James s'agrandirent.

—C'est vrai?

Douze personnes essayèrent de lui raconter l'histoire en même temps. Mme Duhaime reprit la maîtrise de sa classe qui s'éparpillait aux quatre coins du restaurant:

—Vous accrochez vos manteaux et tous vos vêtements mouillés sur le portemanteau à l'entrée, exigea Mme Duhaime. Ensuite, vous allez vous asseoir aux tables. Calmement et sans crier.

—Voilà donc le reste de la bande de braves, s'écria une dame rondelette portant un tablier. Vous devez avoir faim, les enfants?

—Oui!!!!!! cria d'une seule voix toute la classe de cinquième.

—Allez Lucien, mets les pizzas au four. Je pense qu'on va avoir des clients...

James avait raison: la pizza était délicieuse. Mimi et Carla en reprirent trois fois chacune.

Quand le repas fut terminé, quand toutes les assiettes furent vidées, tous les plateaux ramassés, Mme Duhaime se mit debout au milieu de la salle à manger.

—Les enfants, commença-t-elle, vous vous demandez sûrement ce que nous allons faire maintenant. Notre autobus est en panne. Notre chauffeur est disparu. Et la route est fermée au moins jusqu'à demain. Mais ne vous inquiétez pas. J'ai parlé au gérant du restaurant. Il a accepté de nous héberger pour la nuit.

—On va dormir dans la salle à manger? demanda Nadine.

—Eh oui, ma pauvre Nadine, mais ne t'en fais pas, c'est seulement pour une nuit.

—C'est génial! s'écria Nadine.

—Comment ça, génial? s'étonna Minh. Tu ne pleurniches pas?

—Moi, pleurnicher? Mais pour qui tu me prends, Minh Tran? Tu sauras que je fais partie de la classe de braves qui a survécu à la tempête du siècle dans le parc des Laurentides. Demain, ça va être dans le journal. C'est Charlie qui me l'a dit.

—C'est vrai, madame? demanda Carla.

—Je ne sais pas, répondit la maîtresse. C'est possible.

—J'espère qu'ils ne diront pas qu'il faisait moins 153 degrés, marmonna Étienne. Sinon, je n'ai pas fini d'entendre Colin Garceau rire de moi.

—Pendant que vous mangiez, Charlie et Charlot sont retournés à l'autobus pour récupérer une partie des sacs de couchage, continua la maîtresse. Vous dormirez deux par deux. Pour une nuit, ça devrait aller.

—Ça, c'est bien Mme Duhaime, chuchota Mimi à l'oreille de Carla. Elle et ses activités de groupe! Même pour dormir, il faut qu'elle fasse des équipes...

L'idée ne plaisait pas à tout le monde. Mimi et Carla, elles, étaient bien contentes. Elles n'avaient pas envie ni l'une ni l'autre de dormir toutes seules sur le plancher d'un restaurant.

—Est-ce que je peux dormir avec Stéphane? demanda Nadine.

—Tu veux devenir la blonde d'Indiana Jones maintenant que tu ne pleurniches plus? ricana José Brunet.

—Très drôle, répondit Nadine.

—Vous vous arrangez entre vous, reprit la maîtresse. Les sacs de couchage sont dans l'entrée. Mimi, Miguel, pouvez-vous vous occuper de les distribuer?

—Bien sûr, dit Mimi.

—Moi, je dois retourner voir Charlie et Charlot. Maintenant que vous êtes tous en sécurité, il faut s'occuper de retrouver M. Bélanger.

—Est-ce que je peux y aller? s'empressa de demander Stéphane.

—Non, mon grand. Repose-toi, tu en as bien besoin. Bon, les enfants, je vous laisse seuls. J'espère que je ne regretterai pas de vous avoir fait confiance, ajouta Mme Duhaime avant de sortir.

Le restaurant était fermé. La gentille dame rondelette et le monsieur qu'elle appelait Lucien avaient quitté l'établissement. Ils étaient partis en skis de fond. Leur maison ne se trouvait pas très loin, un peu en retrait du côté de la forêt.

À part la classe de Mme Duhaime, il y avait huit personnes prisonnières de la tempête. C'étaient tous des adultes. Ils jouaient aux cartes à l'étage du dessous, là où se trouvaient les toilettes et le téléphone.

—On étouffe en bas, c'est plein de fumée! ronchonna Nadine Bissonnette en revenant des toilettes. Si on allait saboter la distributrice de cigarettes, ils arrêteraient d'en acheter...

—Qu'est-ce qui lui prend à elle? s'écria Minh. Dis donc, Nadine, t'as reçu une balle de neige sur la tête ou tu t'es gelé le cerveau?

—Très drôle, répondit de nouveau Nadine.

—Tu n'as jamais entendu parler

des gens qui se transforment du tout au tout après qu'il leur est arrivé quelque chose de grave? demanda José Brunet. Ça s'appelle un traumatisme. C'est mon père qui m'a expliqué ça.

—C'est vrai. Dans tous les films de Walt Disney, les méchants deviennent gentils après avoir frôlé la mort, surenchérit Étienne.

—Tu crois que Nadine est devenue brave parce qu'elle a fait pipi dehors pendant une tempête de neige? rigola Delphine.

—Très très drôle, recommença Nadine.

—Son disque est accroché, commenta Minh.

—Toi, Stéphane, es-tu assez courageux pour venir le faire avec moi? demanda Nadine en tournant le dos aux autres.

—Quoi? Pipi?

—Mais non, saboter les distributrices, idiot!

—Elle est peut-être déjà vide, souffla-t-il. Peut-être qu'ils ont déjà fumé toutes les cigarettes?

—Bande de peureux, lâcha-t-elle. Moi qui pensais que j'avais affaire à la classe de braves... Si c'est comme ça, je vais me coucher. Mais ne venez pas vous plaindre à moi si vous mourez d'un cancer du poumon pendant la nuit.

Les enfants la laissèrent partir en haussant les épaules. Tout le monde s'installa pour dormir. Miguel éteignit la lumière. Quelques minutes après, on entendait déjà des ronflements.

—Tu dors? souffla Nadine à l'oreille de Stéphane qui était couché à côté d'elle.

—Non, répondit celui-ci.

—Je ne suis pas fatiguée du tout, continua Nadine.

—Moi non plus.

—Si on allait dehors? chuchota-t-elle.

—Pour quoi faire? répondit Stéphane.

—Pour chercher M. Bélanger...

Stéphane rabattit brusquement le sac de couchage sur leurs têtes.

—T'es folle ou quoi?

—Mais non. T'es brave ou t'es pas brave, Stéphane Lachaîne?

—Je suis brave. Mais Mme Duhaime...

—Mais pas assez pour braver Mme Duhaime?

—Ce n'est pas ça. C'est juste...

—C'est juste que t'es une sorte de brave peureux, lui répondit-elle en le pinçant.

—Aïe! Mais non, je ne suis pas peureux.

—Dis-toi que si on retrouve M. Bélanger, on va avoir notre photo sur la première page du journal.

—Ah, c'est ça, ton idée... fit Stéphane qui commençait à comprendre. Toujours tout pour se faire remarquer, Miss Bissonnette.

— Tu peux bien penser ce que tu veux, poule mouillée. Moi, en tout cas, j'y vais.

Elle repoussa le sac de couchage et se leva. Puis, marchant sur la pointe des pieds, elle quitta le restaurant.

Stéphane resta quelques instants immobile dans le noir. Elle est folle, pensa-t-il. Il faut que j'aille la chercher avant qu'elle ne fasse des bêtises.

Il se leva et sortit à son tour.

— T'as vu ce que j'ai vu? demanda Mimi à Carla.

Carla lui fit signe que oui.

— On va voir, nous aussi?

— Bien sûr, dit Carla.

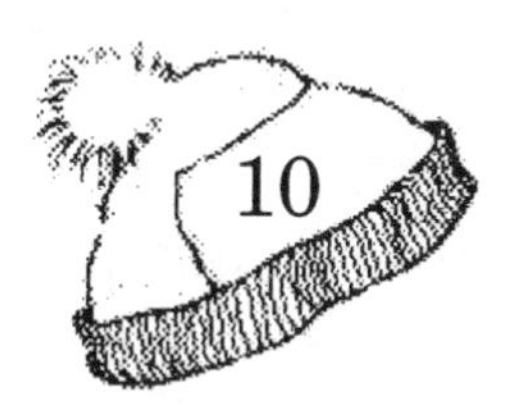

—Qu’est-ce que tu fais? demanda Mimi.

—Je cherche mon écharpe, répondit Carla.

—Ne te casse pas la tête, prends n’importe laquelle, lui dit Mimi, debout devant le portemanteau à l’entrée du restaurant. On l’emprunte seulement pour quelques minutes.

—Ah! la fluo de Stéphanie que je trouve si jolie! s’écria joyeusement Carla.

—Prends-en une moins voyante, ma pauvre Carla. On va se faire repérer tout de suite avec ça.

—C'est vrai...

Elles poussèrent la porte tout doucement et sortirent dans la nuit froide. Dehors, le silence était impressionnant.

Elles marchèrent quelques instants, côte à côte, sans dire un mot. Le bruit de leurs pas dans la neige emplissait tout l'espace.

—Où sont-ils? demanda Carla avec une toute petite voix.

—Je ne sais pas, répondit Mimi. On va faire le tour par derrière. S'ils ne sont pas là, on ira du côté de la station d'essence.

—J'ai un peu peur, murmura Carla.

—Moi aussi, souffla Mimi en serrant très fort le bras de son amie.

Elles se regardèrent et éclatèrent d'un petit rire nerveux.

—Il faut quand même y aller, dit Mimi. Il faut les raisonner avant qu'ils se perdent dans les bois.

—Tu as raison. Une tête de

linotte comme Nadine Bissonnette et un fanfaron comme Stéphane Lachaîne, ça peut faire beaucoup de bêtises quand on les met ensemble.

Elles contournèrent la station d'essence. L'emplacement était désert. Mimi et Carla se serraient de plus en plus fort.

—Regarde, par là: des traces dans la neige! s'écria Carla. Ça doit être eux!

En effet, la neige piétinée dessinait une piste vers le bois.

—On y va? demanda Mimi, pas très sûre.

Carla haussa les épaules.

—Maintenant qu'on est là... dit Mimi pour se convaincre elle-même.

—On va au moins jusqu'à la forêt, décida Carla. Rendues là, on verra.

—D'accord.

Elles avancèrent lentement dans les traces de pas laissées dans la neige.

Le ciel était maintenant dégagé.

La lune brillait parmi une multitude d'étoiles. C'était une nuit d'hiver merveilleuse, mais les filles étaient beaucoup trop préoccupées pour porter attention à cela.

Elles ne se trouvaient plus qu'à quelques mètres du premier arbre quand un cri horrible venu de la forêt les glaça d'effroi.

Mimi et Carla se précipitèrent dans les bras l'une de l'autre.

—Qu'est-ce que c'était? parvint à articuler Carla, en claquant des dents.

—On aurait dit la voix de Nadine Bissonnette, répondit Mimi, les yeux écarquillés par la terreur.

—Je pense qu'on est mieux d'aller chercher un adulte au restaurant, dit Carla à toute vitesse.

—Tu as raison, ajouta Mimi en commençant à rebrousser chemin.

À ce moment-là, elles entendirent encore du bruit en provenance de la forêt. Mimi se retourna.

—Il y a quelque chose qui bouge dans le bois! hurla Carla, qui se mit à courir.

—Attends-moi, cria Mimi en se précipitant derrière son amie.

Le bruit se rapprochait. On aurait juré que la chose fonçait sur elles. Mimi et Carla couraient le plus vite qu'elles pouvaient.

Carla s'emmêla dans ses pattes et s'écrasa tête première dans la neige.

Mimi lui tomba dessus.

—Vite, ça sort du bois! beugla Mimi, qui venait de se retourner pour jeter un coup d'œil.

—C'est moi! C'est moi! N'ayez pas peur, leur cria Stéphane Lachaîne en agitant la main.

Mimi se laissa retomber sur Carla qui était toujours à plat ventre dans la neige.

—Tu aurais pas pu le dire avant, espèce de fou! lâcha Carla. On était en train de mourir de peur toutes les deux.

—C'est parce que j'avais peur, moi aussi, leur avoua Stéphane. Je ne vous avais pas reconnues au début. Dites donc, vous avez entendu, vous aussi?

—Le cri? demanda Mimi.

—Oui, le cri.

—Tu crois que c'est Nadine?

—Je suis sûr que c'est elle.

—Qu'est-ce qui lui est arrivé?

—Je ne sais pas. Je la suivais, j'essayais de la rattraper. Tout à coup, je l'ai entendue crier. D'abord, j'ai eu tellement peur que je suis parti en courant. Après quelques pas, je me suis dit qu'il fallait que j'aille à sa rescousse.

—Et alors? murmura Carla.

—Eh bien, je l'ai cherchée. J'ai suivi les traces mais je ne l'ai pas retrouvée. Elle est disparue.

—C'est impossible! s'écria Mimi.

—Je vous le jure. Il faut aller chercher Mme Duhaime, conclut Stéphane. C'est trop dangereux.

—Tu as raison, dit Mimi.

Ils avaient à peine recommencé à marcher qu'un nouveau cri s'échappa de la forêt.

—C'est elle! balbutia Stéphane.

Le son se fit plus précis.

—Elle m'appelle! s'exclama-t-il.

En effet, Mimi et Carla l'entendaient maintenant très clairement.

—Au secours! Stéphane! Au secours!

Ils se précipitèrent tous les trois vers l'endroit d'où provenait la voix. Ils n'eurent pas à marcher beaucoup, Nadine courait vers eux. Elle avançait tellement vite qu'on aurait dit qu'elle ne touchait pas le sol.

—J'ai vu l'abobi... l'amibo... l'abobo.... l'abobinable homme des neiges! finit-elle par dire, à bout de souffle.

—L'abo*m*inable homme des neiges? s'étonna Mimi.

—Je vous le jure! C'est un genre

d'ours avec de la neige collée partout sur lui, continua-t-elle.

—Mais voyons donc, Nadine, ça ne se peut pas! dit Stéphane, pas très rassuré.

—JE VOUS LE JURE! Je me suis cachée derrière un arbre pour lui échapper, parce que vous ne savez pas le pire...

—Quoi? s'écrièrent en chœur ses trois auditeurs.

—C'est un abobinable sorcier des neiges.

—Comment ça? demanda Carla, la voix étranglée.

—Il sait mon nom! cria Nadine. Il m'a appelée par mon nom, répéta-t-elle.

—C'est impossible, lança Stéphane.

—Le voilà! hurla Nadine.

—N'ayez pas peur, les enfants, c'est moi, dit une voix derrière eux.

Mimi, Carla et Stéphane se retournèrent brusquement.

—M. Bélanger! lâchèrent Mimi et Carla.

—C'est M. Bélanger! répéta Stéphane en rattrapant Nadine par la manche.

—Le chauffeur?

—Mais oui, c'est moi. Vous ne pouvez pas savoir combien je suis content de vous revoir, nom d'une tarte au citron! J'ai bien cru que j'étais perdu pour toujours.

—Vous n'êtes pas l'abibibo...?

—Mais non. Je suis Laurent Bélanger, chauffeur d'autobus. Heureusement que Mme Duhaime m'avait prêté son manteau de fourrure, sinon je crois que je serais mort gelé...

—Alors, Nadine, ça va mieux maintenant? demanda Mimi en riant.

—On pourrait peut-être aller parler à l'intérieur, suggéra Carla. M. Bélanger doit être mort de faim et de froid.

—Pas encore mort, par chance, nom d'une noix! dit-il en riant. Mais j'avoue que je serais très heureux de pouvoir me réchauffer les pieds, par exemple.

Le petit groupe marcha jusqu'au restaurant.

—Mais où étiez-vous donc? s'exclama Mme Duhaime lorsqu'elle les vit arriver.

—On était partis à la chasse à l'abominable homme des neiges, mais on a juste ramené ça, dit Mimi en désignant le chauffeur enneigé des pieds à la tête.

—Très drôle, souffla Nadine.

—Monsieur Bélanger! Enfin, on vous retrouve! s'écria Mme Duhaime. On s'est tellement inquiétés pour vous.

Dans le restaurant, plus personne ne dormait. Minh avait réveillé tout le monde quand il avait constaté la disparition des autres. Il était allé chercher Mme Duhaime. Celle-ci se préparait à se lancer à leur recherche quand ils étaient arrivés.

Aussitôt qu'ils le virent entrer, les élèves applaudirent à tout rompre le chauffeur qui avait risqué sa vie pour eux.

—Vive M. Bélanger! Hip! hip! hip! hourra! hurlait tout le monde.

Charlie et Charlot entrèrent sur ces entrefaites.

—On ne l'a pas retrouvé, annonça Charlot, la mine basse.

—Peut-être demain quand il fera jour, ajouta Charlie avec plus d'optimisme.

—Ne vous en faites pas, les gars, nous l'avons! s'écria Stéphane.

—Vous l'avez retrouvé? demandèrent les deux hommes en chœur.

—C'est plutôt lui qui nous a retrouvés, lança Mimi.

—Mais le plus important, c'est qu'il soit sain et sauf, conclut Carla.

Pendant que M. Bélanger mangeait la soupe que Charlie et Charlot lui avaient rapportée de la cuisine, le chauffeur leur raconta comment il s'était réfugié dans une cabane de pêcheur pour s'abriter de la tempête, comment il avait fait un feu de bois pour se réchauffer et comment, finalement, tiraillé par la faim, il avait décidé de reprendre la route, même dans l'obscurité.

Tous l'écoutaient avec attention.

—Si j'avais su, je serais allé avec vous, s'exclama Stéphane. Quelle merveilleuse aventure!

—J'aurais volontiers échangé ma place contre la tienne, mon petit, répliqua M. Bélanger. J'ai eu très peur, vous savez. Et Nadine aussi, ajouta le chauffeur pour la taquiner.

Tout le monde se mit à rire.

—Très très drôle, dit-elle en faisant la grimace. J'aurais bien aimé ça vous voir tout seul comme moi dans la forêt, en pleine nuit.

—Tu as été très courageuse de

venir me chercher, Nadine. Je te remercie. C'est quand je t'ai aperçue que j'ai compris que j'étais tiré d'affaire. Tu m'as un peu sauvé la vie.

—C'est vrai? demanda Nadine, les yeux grands ouverts.

—D'une certaine façon, c'est vrai, dit M. Bélanger. Mais promets-moi que, la prochaine fois, tu resteras bien au chaud avec les autres, nom d'une tarte au citron! C'est très dangereux, ce que tu as fait.

—Ah! c'est sûr que je le promets, j'ai eu assez peur, plus jamais je ne ressortirai toute seule la nuit, lança-t-elle sans y penser. Oups!... Ce n'est pas ce que je voulais dire, essaya de se reprendre la fillette.

Les rires fusèrent de toutes parts.

—Très drôle, fit Minh, en imitant Nadine.

Les rires redoublèrent. Même M. Bélanger et Mme Duhaime riaient. Nadine se laissa gagner par le fou rire. Ils rirent comme ça, tout le monde ensemble, pendant cinq bonnes minutes. À la fin, plus personne ne se rappelait comment ça avait commencé. Mais ça faisait tellement de bien.

Le lendemain, la route fut déneigée. Accompagné du garagiste, M. Bélanger se rendit à l'autobus pour effectuer la réparation. Ce n'était pas grand-chose. Le mécanicien le répara facilement. Mais cela ne suffit pas à sortir l'autobus de la neige où il s'était empêtré. Ils durent le tirer avec la dépanneuse. Cela leur prit tout l'avant-midi.

Comme les livres de classe étaient restés dans l'autobus, Mme Duhaime accorda la permission aux enfants de jouer dehors pendant ce temps. Elle organisa un concours d'igloo, mais il se transforma rapidement en la bataille du siècle de boules de neige.

Les voyageurs reprirent la route vers deux heures. La gentille dame rondelette leur fit promettre d'arrêter sur le chemin du retour.

À Saint-Gédéon, au Lac-Saint-Jean, ils furent acclamés comme des héros. Chacun raconta sa version de l'histoire au moins cent fois.

Quand ils se couchèrent le soir, dans un bon lit bien chaud, ils étaient tous heureux.

—Tu ne dors pas? demanda Carla à Mimi qui était couchée sur le dos.

—Non, répondit celle-ci.

—À quoi tu penses?

—Je fais travailler ma mémoire.

—Ta mémoire? s'étonna Carla. Pour quoi faire?

—C'est pour Mathieu. Je vais lui raconter notre aventure de façon tellement précise que, dans dix ans, il ne se souviendra même pas qu'il n'était pas avec nous.

—Tu crois que c'est possible?

—Peut-être. On verra dans dix ans, répondit Mimi.

Elle se mit en boule au creux de

son lit. Carla remonta un peu ses couvertures et soupira.

Quelques minutes plus tard, elles dormaient toutes les deux.

Typographie et mise en pages:
Les Éditions du Boréal

Achevé d'imprimer en octobre 1993
sur les presses des Ateliers graphiques
Marc Veilleux, à Cap-Saint-Ignace, Québec